Quando o amor
é assim,
e não assado

Texto de
Júnior Marks

Quando o amor é assim, e não assado

Ilustrações de
Rico Guimarães

Saíra
EDITORIAL

Copyright do texto © 2021 Júnior Marks
Copyright das ilustrações © 2021 Rico Guimarães

Direção e curadoria	Fábia Alvim
Gestão editorial	Felipe Augusto Neves Silva
Diagramação	Isabella Silva Teixeira
	Luisa Marcelino
Revisão	Érica Correa
Capa	Rico Guimarães

Dados Internacionais de Catalogação na Publicação (CIP) de acordo com ISBD

M346q

    Marks, Júnior

        Quando o amor é assim, e não assado / Júnior Marks ; ilustrado por Rico Guimarães. - São Paulo, SP : Saíra Editorial, 2023.
        88 p. : il. ; 14cm x 21cm.

        ISBN: 978-65-86236-49-1

        1. Literatura infantojuvenil. 2. Romance. I. Guimarães, Rico. II. Título.

2023-2449

                                            CDD 028.5
                                            CDU 82-93

Elaborado por Odilio Hilario Moreira Junior - CRB-8/9949

        Índice para catálogo sistemático:
        1. Literatura infantojunevnil 028.5
        2. Literatura infantojunevnil 82-93

Todos os direitos reservados à Saíra Editorial

@sairaeditorial   /sairaeditorial
www.sairaeditorial.com.br
Rua Doutor Samuel Porto, 411
Vila da Saúde – 04054-010 – São Paulo, SP

*Para os meus avós, que pouco
entendem do que vou falar!*

Para minha irmã, que entende tudo tão bem!

Para meu esposo, que me entende sempre!

Antes de *acontecer*

Nunca gostei da palavra "começo". Sempre acreditei que as coisas não começam. As coisas acontecem, acontecem, acontecem, acontecem, acontecem...

E do suceder das coisas, histórias vão fazendo história. A minha foi assim: ACONTECEU. Aconteceram várias histórias que, juntas, compuseram a minha. Dividi-la hoje, tarefa tão alegre e tão penosa, prova ainda que não esqueci, nem por um minuto sequer, tudo o que aconteceu.

Pensei em decorar a narração da minha vida com fatos lindos, românticos e inimagináveis. Queria maquiar um pouco tudo o que aconteceu na minha adolescência, fase da vida em que se é imaturo, buscando ser maduro. Desisti, entretanto, e resolvi escrever minha história como foi. Talvez seja difícil lembrar alguns pormenores, já que a memória apagou certas coisas. A riqueza de detalhes ficará bastante comprometida, disso eu tenho certeza, pois muito já se passou desde que me apaixonei pela primeira vez.

É sobre isso que vou falar. Sobre minha primeira paixão, fato inesperado que aconteceu quando eu já estava com meus 15 anos. Foi justamente nessa idade que me vi amadurecer. Até então, eu só pensava, acreditem, em meus carrinhos e brinquedos. Eu tinha tantos que não havia tempo de pensar em outra coisa a não ser brincar com eles. Sentia-me envaidecido por todos eles virem de Cuiabá, cidade onde meu pai morava, o que os tornava ainda mais especiais.

Lembro-me do dia em que ganhei um navio pirata que vinha com uns canhões que lançavam bonecos ao aperto de um botão. O objetivo do jogo era fazer enganchar nas velas do navio o maior número possível de piratinhas dos sete mares. A novidade aportou lá em casa, e, durante dias, só se brincava disso.

Meu pai sempre me visitava quando eu era menor. Moro até hoje com meus tios, e ele ainda mora em Cuiabá. As visitas hoje diminuíram e os presentes desapareceram com ele. A gente, volta e meia, se fala por telefone, mas, depois que cresci, meu pai parece mais um conhecido do que o meu herói da infância.

Bom, acho que já comecei a contar o início da minha vida. Pois bem, vamos a ela. Vamos agora abrir as páginas de um diário e continuar fazendo história. Da minha, talvez nasça a sua, assim como nasceu a de diversas pessoas que estarão eternizadas aqui.

Acontecendo

Era manhã. Dia de avaliação. As provas eram chamadas de simulados, pois reproduziam os testes de vestibular que faríamos dali a três anos. Colégio Aldebarã. Teresina. Paissandu com Riachuelo. Era exorbitante o número de alunos da escola que trazia como slogan "Aqui todos brilham!". Por isso, o horário de provas era dividido. Alguns alunos faziam das sete da manhã às nove e meia, outros, das dez da manhã ao meio-dia e meia. Eu fazia parte da turma que entraria na escola às dez horas.

Eu tinha uma rotina para cada dia da semana de prova. Saía de casa por volta das oito horas e ia à Praça Saraiva para estudar com o Hiago. A Praça Saraiva é um dos passeios públicos mais importantes de Teresina. Ganhou esse nome em homenagem ao Conselheiro Saraiva, ícone da independência do Piauí. Nela, há uma igreja e, à frente, a Casa da Cultura. Repleto de árvores, é um local de ar agradabilíssimo. Lá na Praça Saraiva, a gente estudava mesmo. Claro que, por vezes, nos distraíamos com alguma coisa, mas nos policiávamos para não interromper o estudo. Durante todo aquele ano de 1994, tinha sido assim: chegar mais cedo para estudar para a prova. Outro detalhe importante era que, como chegávamos à escola juntos, sentávamos juntos e – por incrível que pareça – fazíamos prova juntos. Sabe como é, conferindo discretamente a prova um do outro.

Numa dessas conferências, fomos flagrados pelo Professor Esaú, uma espécie de faz-tudo que ficava à disposição da escola. Todas as vezes que faltava um professor, ele entrava em sala de aula e falava sobre o verbo *to be*. Mas eram todas as vezes mesmo! Era certeza. Faltava um professor, lá vinha o Esaú com o verbo *to be*.

Pois bem, num desses dias de simulado, ele entra na sala e vê Hiago e eu aos cochichos. Ele toma a nossa prova e nos leva até a sala dele. Começa a dar uma bronca na gente como se fôssemos dois delinquentes que não sabiam nada de nada. Mas sabíamos que o que não ia dar em nada era aquele sermão.

Pobre Esaú! Não sei por onde anda hoje. Nunca mais o vi. Só me lembro de que, naquele momento, ele tentava impor uma autoridade que não tinha.

Era manhã. Dia de prova. Eu não iria conseguir chegar no horário para estudar com o Hiago. Então liguei do 221-4888, que era o meu telefone, para o 326-6196, que era o telefone da casa do Hiago.

— Alô?!
— Oi, o Hiago está?!
— Quem quer falar com o Hiago?
— É o Neto.
— Quem?
— O Neto.

Silêncio.
Silêncio.
Silêncio.
Silêncio.
Silêncio.
Silêncio.
Silêncio.

— Olha, Neto, eu queria pedir um favor pra você.
Favor para mãe de amigo nunca se pode deixar de fazer. Parece que a gente acha que tem que ser amigo da mãe do outro para ela deixá-lo ser nosso amigo.
— Pode pedir, fique à vontade.
— Eu queria pedir pra você não ligar mais pra minha casa. Ah! E nem andar mais aqui.

Silêncio.
Silêncio.
Silêncio.
Silêncio.
Silêncio.
Silêncio.
Silêncio.

Assim como você, eu também não estava entendendo nada. Desconfiava do que poderia ser, assim como você está aí desconfiando, mas eu não estava entendendo nada.

— Ah! Então tá! Mas... A senhora quer também que eu me afaste do seu filho, que eu deixe de ser amigo dele?

— Bom, quanto a isso eu não quero interferir, só queria que você não andasse mais por aqui nem ligasse pra cá.

— Tudo bem!

TU, TU, TU, TU... (Onomatopeias sempre são providenciais...)

Àquela altura, Hiago já me esperava na Praça Saraiva.

O piso *térreo*

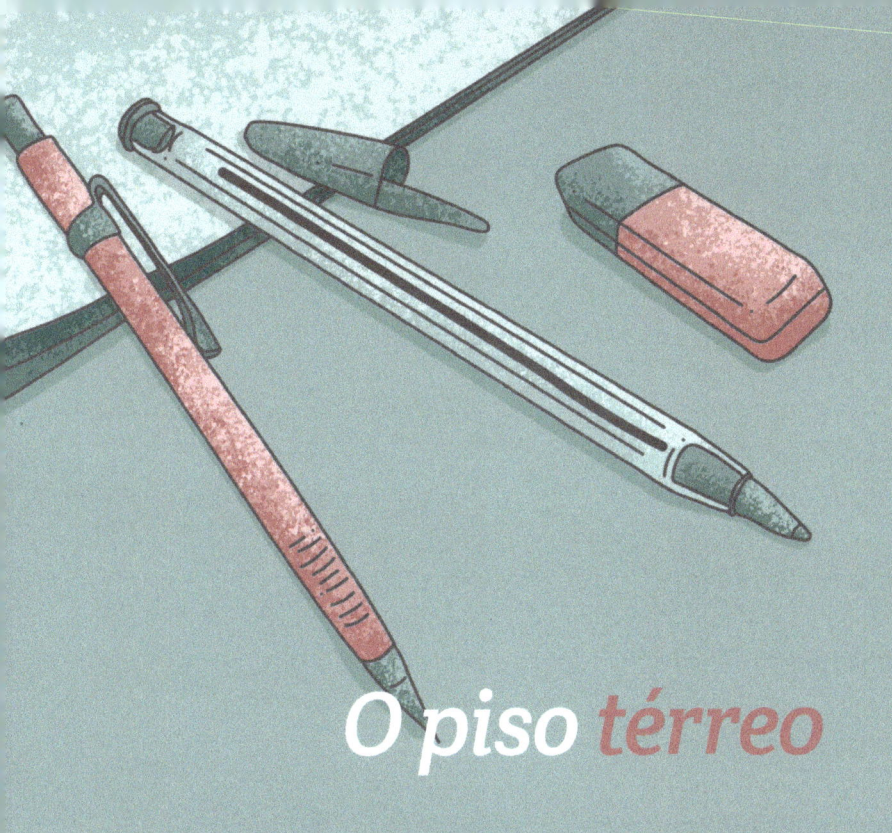

Talvez, por causa das desconfianças da mãe, Hiago tinha saído de casa antes mesmo da minha ligação habitual. Pensei em inúmeras coisas e, na raiva que senti pela mãe do Hiago, acabei transferindo para ele. Não me esforcei nem um pouco para ir à praça. Fui ao colégio minutos antes do início do simulado. Quando entrei na sala de aula, todos os alunos já estavam acomodados e o fiscal já se preparava para distribuir o caderno de avaliações.

Não sei por quê, mas, ao entrar na sala, meu olho só conseguiu enxergar o Hiago batendo na cadeira que estava à frente dele e fazendo sinal para eu sentar ali. Era óbvio que ele tinha guardado aquela cadeira para mim. O que já não era mais tão óbvio na minha cabeça é se ele tinha reservado a cadeira para conferirmos a prova ou se para me garantir por perto. Algo nele mostrava que ele sabia que eu sabia que ele sabia que eu sabia que aquilo que até ali chamávamos de amizade estava ameaçado. Não me sentei na cadeira que ele tinha reservado. Atravessei a sala e me sentei bem distante dele. Ele me olhou com um olhar vago e taciturno que dizia "ELE SABE", mas esse olhar durou poucos segundos, pois a sala inteira se entreolhava perguntando-se, em silêncio, o motivo de eu não me sentar perto do Hiago. Logo do Hiago, que era tão inteligente. Logo do Hiago, que era tão meu amigo. Logo do Hiago, com quem eu vivia tão grudado.

Logo do Hiago.
Logo do Hiago.
Logo do Hiago.
Logo do Hiago.
Logo do Hiago.
Logo do Hiago.
Logo do Hiago.

Sentei. Fiscal entregando os cadernos. Ele não me olhou mais. Rabisquei qualquer coisa na prova e saí correndo pelas escadas do colégio. Eu tinha a sensação de que sair daquele lugar poria fim a todo aquele pesadelo que tinha se instalado em mim. Quando cheguei ao piso térreo, encontrei a Dandara sentada na calçada de uma loja de eletrodomésticos junto com o Diogo Hām. Depois explico por que chamávamos o Diogo de Diogo Hām. Isso é assunto para as próximas páginas.

— Tá doido, oh sem juízo?!
— Oh! Dandara!

— O que foi, menino?

— Sei lá! Acho que foi o mal do "Oh baby! Me leva!".

O mal do "Oh baby! Me leva!" designava qualquer comportamento anormal que viesse a assolar um de nós.

— Ah! Acho que é isso mesmo!

E desabafei toda a história. Não tinha falado antes, mas me senti muito mal ao ouvir o que a mãe do Hiago me disse. Era como se tivessem tirado de mim o que me havia de mais seguro: o chão. Sempre ouvi as pessoas falarem expressões do tipo: "Me faltaram as pernas", "Fiquei com as pernas bambas", "Fui ao outro mundo e voltei", mas nunca tinha experimentado nenhuma dessas sensações. Naquele dia, segurando o telefone pendurado ao gancho, eu tinha feito uma viagem interplanetária. Fui ao outro mundo e voltei.

— Ai, Neto. Não se martiriza com isso. Ele já sabe que você tá sabendo disso?!

— Sei lá dele. Quero que ele suma da minha vida. Ele só me atrapalha. Lembra o dia que quase minha prova foi anulada pelo Professor Esaú?

— Lembro!

— Pois é. Quero que ele desapareça.

— Quer, não. Você sabe que não quer isso.

— Mas por que a mãe dele fez isso?!

Essa última fala foi do Diogo Hām. E, até aquele momento, eu não sabia por que ela tinha tomado tal atitude. Eu só me lamentava e me enraivecia, mas não tinha – até então – atinado para o porquê daquele ato tão feroz para mim. Com aquela pergunta do Diogo Hām, passei a ter um único objetivo: ENTENDER O PORQUÊ.

Por que uma pessoa que sempre me tratava como "Netinho, o coleguinha do Hiago" agora queria me ver longe? Por que uma pessoa tão legal como a Dona Célia agora me rejeitava? Ela sempre tão bacana, tão sensacional. No dia do show do Kid Abelha, no Atlantic City, foi ela a nossa "Mãezona".

Sem abóboras

Espaço para grandes festas, localizado na Zona Leste de Teresina, o Atlantic City até hoje recebe grandes shows, grandes bandas. Já fui a vários outros shows no local, mas foi aquele do Kid Abelha que inaugurou minha vida noturna. Naquela época, eu e Hiago éramos fascinados pela banda. Eu continuo fã até hoje. Daqueles de visitar o site oficial e saber onde vai ser o próximo show, pegar o cartão de crédito, comprar passagens e ingressos e partir para o local da festa. Sou daqueles que sabem de cor a letra das músicas e cantarolam alto dentro do carro, rumo ao trabalho.

Tão logo divulgaram que Paula Toller, Bruno Fortunato e George Israel cantariam para os piauienses, passamos a juntar os tostões para comprar os ingressos. Eu, além de me preocupar com a grana da entrada, ainda tinha de inventar uma desculpa cabeluda para água quente nenhuma pelar. Como eu iria dizer na minha casa que eu, 15 anos de idade, iria com minha turma a um show de rock?

Eles jamais deixariam!
Eles jamais deixariam!
Eles jamais deixariam!
Eles jamais deixariam!
Eles jamais deixariam!
Eles jamais deixariam!
Eles jamais deixariam!

Então tive uma – NÃO SEI SE BRILHANTE – ideia. Máurea era – e continua sendo até hoje – uma grande amiga. Foi por intermédio dela que consegui cantarolar junto com a Toller "Alice não me escreva aquela carta de amor uo uo oh!", entre tantos hits maravilhosos dos roqueiros que não tinham mais os Abóboras Selvagens. Minha família confia muito em Máurea. Além de confiar, ela era adulta, o que denotava um ar de responsabilidade.

Suei a camisa para convencer a Máurea a ir até minha casa e dizer que eu ia com ela para o show e dormiria na casa dela. O importante é que ela fez isso com a condição de que, ao chegar à casa do Hiago, depois do show, eu ligasse para ela, provavelmente como forma de assegurar que cheguei bem e que toda aquela mentira teve um final feliz.

Fui ao show com boa parte da família do Hiago: irmã, cunhado, tia. Foi a primeira vez que eu coloquei os pés no Parque Jurema, bairro da capital piauiense bem distante de onde eu morava.

Ding Doing! (As importantíssimas onomatopeias!!!)

Era noite quando toquei a campainha da casa do Hiago. A mãe dele abriu a porta, e ali já deu para perceber que ela nem mesmo sabia que íamos ao show. Ela achava que eu tinha ido somente passar o fim de semana.

— Oi, sou o Neto. O Hiago ta aí?!
— Ah! Tá sim!

Uma voz grave gritou lá de dentro. Era o pai dele perguntando quem era.

— É o coleguinha do Hiago, o Neto. Senta, meu filho, ele foi bem ali à casa do André, mas vem já. Você pode guardar suas coisas ali no quartinho dele. Mora aqui mesmo no Dirceu?
— Não, na Primavera.
— Na Primavera???!!!
— É!
— Veio só passear?
— Não. Nós vamos pro show.
— Show?
— É! O show do Kid Abelha.
— Eita, mas esse Hiago. Olha aqui, Raul. O Hiago trouxe o menino lá da Primavera pra irem prum show e nem falou nada pra gente. Esse menino não tem jeito mesmo, não. Pensa que é dono das "ventas" dele.

Eu ri.

— Ele não vai, não. Não é pra deixar ele ir não, Raul. Ele tem que aprender a respeitar.

"Estraguei tudo!", pensei. Mas o Hiago também não tinha me dito nada, se tinha inventado uma mentira, se tinha pensado em outra coisa. Simplesmente nada. Ele só disse: "Vem aqui pra casa. A gente vai junto e você dorme aqui!". Daí eu fui. Menti na minha casa, peguei um ônibus e fui. Acabamos indo ao show. A mãe do Hiago deixou, mas disse que só iríamos se a Nati, irmã dela, fosse também.

— Mas eu não tenho dinheiro!

— Eu pago tua entrada, Nati. E eu vou pagar só por causa do Neto, que veio lá da Primavera pra cá. E amanhã nós vamos conversar, viu, seu Hiago.

Foram essas as palavras com que a mãe do Hiago se despediu da gente. Pegamos um táxi para uma experiência única e ensurdecedora. Era a primeira vez que eu ia a um show, e dividir este momento com o Hiago deixava tudo ainda mais novo, mágico, fantástico e inesquecível.

O Kid Abelha era a última atração. Demos uma circulada e, de repente, um cara me abordou falando algo ao meu ouvido. Por causa do barulho, eu não entendi exatamente o que era.

– O que foi?

– Não sei, Hiago! Não consigo entender o que ele diz.

– Peraí que eu falo com ele, Neto!

Afastei-me um pouco porque a Salomé, irmã do Hiago, perguntou se eu queria beber algo e avisou que ia circular com o namorado. Quando terminasse o show, todos deveriam ir para a porta dos banheiros. O ponto de encontro era lá. Isso significava que cada um ia curtir o show a seu modo. A tia deles já tinha sumido. A Salomé ia ficar com o André, seu namorado, e eu com o Hiago.

— O que era?!

— Era para saber se a gente num queria segurar um "cheiro".

— E o que é isso?

Tamanha a minha inocência.

— O quê?
— Isso que ele falou!
— Segurar um cheiro?!
— É. O que é isso?!
— Ah! É cheirar loló!

Dois pontinhos de exclamação

Hiago sempre foi o que popularmente chamamos de "despachado". Eu achava aquilo incrível. Ele não tinha medo de nada. Por morar no segundo piso de um prédio, acabou ganhando um belo par de pernas de tanto subir e descer as escadas todos os dias. Ele era alto; nem magro nem gordo. Tinha pele branca e nariz afilado. Todas as vezes que saía uma espinha no rosto, era um terror. Inflamava, doía. Quase sempre acabava no dermatologista.

Morava apenas com a Salomé (sua irmã), seu pai e sua mãe. Ele era bastante querido pela família, que apostava nele todas as fichas de um futuro promissor. Até porque o Hiago sempre foi muito esperto. Aliás, esta era uma das qualidades que mais me atraíam nele. Já falei que o vínculo entre nós era imenso?

Pois é, isso ia se fortalecendo todos os dias.

Por outro lado, eu era mais sensível, e minha sensibilidade acabava "amolecendo" o Hiago, que passou a ter atitudes sensíveis também. Sempre que ele precisava faltar à escola, ele me mandava um bilhetinho feito com dobraduras de coração. Dobraduras que lhe ensinei como fazer. Ele não tinha muita inclinação artística, mas adorava apreciar peças teatrais, telas de grandes pintores, ouvir música de boa qualidade...

Uma vez, eu me chateei com o Hiago por algo de que nem me recordo agora. Certamente uma coisa sem importância. Passamos dois dias sem nos falarmos. (Pensando bem, talvez não fosse assim tão sem importância.) Só me recordo de que, no terceiro dia, ele colocou dentro do meu caderno uma cartinha dobrada no formato de pássaro. A carta estava toda perfumada com o perfume dele que eu adorava. Eu gostava de encerrar minhas cartinhas com dois pontos de exclamação, pois, com os dois pontinhos do sinal, eu fazia olhos com uma boquinha embaixo. A maneira que o Hiago encontrou para pedir desculpas foi fazer o mesmo na carta que me escreveu.

Foi para mim o primeiro cartão que ele escreveu na vida. Isso ele me revelou mais tarde. Hiago era o tipo de garoto do lado de quem você senta com um copo de chocolate quente na mão e fica ali de cara abobalhada olhando para o rosto dele – e quase derruba o copo. Era o tipo de garoto para quem a gente liga apenas para ouvir a voz (eu fiz isso muitas vezes!!!). Ele era o tipo de garoto que te deixa de coração apertado e com o sangue frio.

Ele era o tipo de garoto que era o meu tipo.

O meu tipo!
O meu tipo!
O meu tipo!
O meu tipo!
O meu tipo!
O meu tipo!
O meu tipo!

    Eu não sabia tocar violão, mas jurei que um dia aprenderia. O Hiago sabia tocar. Talvez essa tenha sido a única "inclinação artística" que ele teve na vida. Ele adorava tocar para eu cantar. E eu amava cantar para ele tocar. Adorava fantasiar todas as letras das músicas na minha cabeça. Sempre fui assim meio besta com o amor. Sou daquele tipo que coloca anel de chiclete no dedo e chama de meu. Daquele que beija o garoto errado na balada enquanto o certo avista de longe e foge da festa chorando e chamando o outro de idiota. Sou daqueles que, quando estão apaixonados, parecem ter 15 anos.
    Mas na verdade já tenho 30.
    Sempre acreditei que, no amor, todos têm a mesma idade. E sou do tipo que não sabe o que fazer na hora de dar tchau. Além do mais, eu acreditava que curva nenhuma me faria perder o Hiago de vista.
    O que eu gosto de pensar é: o que se passava na sua cabeça quando ele agia, quando ele me mandava cartinhas, quando ele me ligava, quando ele ia me ver, quando ele me dava tchau? O que ele realmente achava de tudo aquilo? Até onde ele iria? Aonde ele queria chegar?
    Nunca tive essas respostas. Nunca tivemos uma conversa com esse tipo de maturidade – se é que maturidade tem tipo. Até porque não éramos maduros em 1994. Confesso que gos-

taria de ouvi-lo hoje, de ver nossa história pelo seu prisma. Gostaria de ouvir dele tudo o que pensou. Mas acho isso praticamente impossível. O que sei é que vivemos, durante muito tempo, como aqueles pontinhos de exclamação: juntinhos e sorridentes!!

Eu, um epíteto

Eu me chamo Neto. Aliás, me chamam de Neto, que na verdade não é um nome, e sim um epíteto de parentesco. Meu verdadeiro nome é José Divino do Espírito Santo Ribeiro Neto. Sei que é quase uma oração, mas para isso faltou o amém. Era o nome do pai do meu pai e, por causa de uma dessas promessas, acabei levando o mesmo nome. O que é muito ruim, porque eu não tenho um nome exclusivamente meu, mas a cópia do nome de outra pessoa que nem conheci. Acho que começa aqui a minha crise de identidade. Às vezes tenho a sensação de que carrego o fardo de outra pessoa. Mas vamos deixar isso para lá. É só "noia" da minha cabeça.

Nasci em Cuiabá, mas, bem pequeno, vim embora para Teresina. Não tenho mãe. Ela faleceu de câncer no fígado quan-

Quando o amor é assim, e não assado

do eu tinha 3 anos, assim como a mãe do Sidrolândio, um coleguinha meu do primário. Uma vez, na escola, houve até uma festinha das mães em que eu e o Sida – era assim que o chamávamos – fomos homenageados porque não tínhamos mãe. Enfim, às vezes, até penso por que sou gay. Outra noia! Ah, eu não tinha contado ainda. Pelo menos não abertamente e com todas as letras. Sim, eu sou gay!

Sim, eu sou gay!
Sim, eu sou gay!
Sim, eu sou gay!
Sim, eu sou gay!
Sim, eu sou gay!
Sim, eu sou gay!

Minha primeira paixão apareceu quando eu fazia a 8ª série. Até então, nada com relação a namoricos me apetecia. Estudei em meu bairro até a 4ª série. Meus tios queriam que eu fizesse o ginásio – era assim que chamávamos na época – em bons colégios e, assim, me matricularam no centro da cidade. Confesso que o primeiro contato que tive com a nova escola não foi lá muito aprazível. Eu era acostumado com pequenas escolas onde eu conhecia o dono, todos os professores e, principalmente, todos os alunos. No Colégio Aldebarã não foi assim. Conheci poucas pessoas. Na verdade, resumi minhas amizades aos cinquenta alunos da minha turma. E, entre todos eles, estava lá aquele por quem eu me apaixonaria: Hiago. Ele era daqueles alunos superinteligentes. Sentava na frente e suas notas eram sempre as melhores. Talvez tenha sido isso que chamou a minha atenção nele. Ou talvez mesmo sua beleza. Física e interior. Ele tinha um bom coração e um rosto que ganhava de qualquer DiCaprio. Meus amigos falam que, até hoje, os meus olhos brilham quando falo do Hiago. E é uma verdade que não consigo disfarçar. Ele foi o primeiro homem que amei.

Olha, eu não tive essa de ficar com depressão, trancado em um quarto, me perguntando por que eu estava apaixonado pelo meu colega de escola. Sempre encarei tudo isso numa boa. No fundo, eu sabia que mulheres não me atraíam e que eu gostava de homens. O que eu não sabia – como até hoje não sei – é o que minha família pensa disso. Embora a ame muito, não me importei com a sua opinião. Queria mesmo era experimentar aquela sensação novinha em folha que tomava conta de mim.

Não me recordo ao certo de como começamos a nos falar, mas lembro que, de uma hora para outra, me tornei, junto com Luciana, Hiago e Rochele, um dos alunos mais inteligentes da turma. Nós quatro éramos grandes amigos. Em todo esse período em que passei no Aldebarã, acompanhei muitas evoluções. A do próprio Hiago. Eu o vi namorar diversas garotas, apaixonar-se por diversas garotas e vi Hiago sentir desejo por mim. Tudo isso acompanhei.

Lembro-me de quando ele namorou uma menina chamada Fabrícia. Eu era o canal de comunicação entre eles. Na verdade, a família do Hiago não ia muito com a cara da garota. Ela não podia ligar para lá, ir até lá. Era um namoro às escondidas. E eu ajudava no anonimato. Mas acabou. Era finito assim como é grande parte das coisas deste mundo. Construímos, ao longo de dois anos, uma grande amizade acima de tudo, além de uma paixão, até certo momento, platônica. Ele desconfiava, claro, e só algum tempo depois eu confirmaria. Eu me sentia satisfeito em ser o seu melhor amigo. Vê se pode, não é mesmo? Mas eu era. Sentia que era o suficiente. Achava que amizade era tudo o que eu podia ter do Hiago. Ledo engano. Descobri isso ao frequentar minha nova escola. Não faltava um dia! Principalmente às aulas de Artes. A arte sempre me inspirou! Sempre gostei de aulas que remetessem à Arte: História, Literatura. Enfim! Essas matérias que deixavam a gente viajar um pouco. Nunca gostei de disciplinas muito exatas. Nem de disciplinas nem de nada muito exato. Essa é a verdade. Por isso o professor de Literatura chamou a minha atenção. Não! Calma! Eu não me apaixonei por ele. Ele chamou a minha atenção de outra maneira que vou tentar explicar.

Quando eu era criança, sempre gostei de representar. Algo do tipo: "Tô com dor de barriga, não quero ir à escola!", "Meu vizinho me bateu!". Essas coisas. E, olha, eu representava muito bem! Depois, em dois anos do primário – era assim que antigamente chamávamos as séries iniciais –, interpretei Dom Pedro I. Assim minha carreira artística se consolidava. O fato é que o professor de Literatura sempre incentivava os alunos e indicava bons teatros, boas músicas, bons livros. De tudo que ele sugeria, eu sempre ia ver as peças de teatro. Encantava-me ver aqueles atores representando, sendo outras pessoas, vivendo outras vidas. Tudo aquilo me fascinava.

A primeira peça que vi foi em Teresina mesmo, no Theatro 4 de Setembro, a maior casa de espetáculos da cidade. A peça se chamava "Salve amizade", com Ângela Vieira, Paulo César Grande, Cláudia Marzo e Giuseppe Oristânio. Até hoje, guardo com carinho o programa do espetáculo. Assim, começo a rabiscar historinhas dramáticas na hora das aulas. Minha intenção era escrever uma peça e representá-la com os amigos.

Hãm?

O Diogo Hãm era meio avoado. Para tudo o que a gente dizia ele tinha a mesma pergunta: – Hãm?! Por isso passamos a chamá-lo de Diogo Hãm. Mas, naquele momento, era eu quem tinha vontade de dizer: – Hãm?! Aquela pergunta do Diogo Hãm me perturbou durante dias.

Mas por que a mãe dele fez isso?! Mas por que a mãe dele fez isso?! Mas por que a mãe dele fez isso?! Mas por que a mãe dele fez isso?! Mas por que a mãe dele fez isso?! Mas por que a mãe dele fez isso?! Mas por que a mãe dele fez isso?! Mas por que a mãe dele fez isso?! Mas por que a mãe dele fez isso?! Mas por que a mãe dele fez isso?! Mas por que a mãe dele fez isso?! Mas por que a mãe dele fez isso?! Mas por que a mãe dele fez isso?! Mas por que a mãe dele fez isso?! Mas por que a mãe dele fez isso?!

Eu não sabia o porquê! Eu não encontrava o porquê. Ia para o colégio apenas para não ter faltas na caderneta. Procurava sempre manter distância do Hiago.

— O que é que você tem?

— Fazendo o que sua mãe pediu!

— A gente precisa conversar. Minha mãe não pode decidir nada sobre a minha vida!

— Eu não quero conversar com você! Eu não tenho NADA pra falar com você.

— Não quer nem mesmo saber por que tudo isso aconteceu?!

— Eu fui humilhado! A sua mãe... Por quê? Você disse "por quê"?

Eu saberia o porquê se o Diogo Hãm não tivesse aparecido bem na hora, atrasando a revelação do Hiago. Na verdade, o Diogo Hãm veio só me fazer descobrir a razão de tudo aquilo. Eu tinha um livro que, naquela época, era o meu livro de cabeceira. Amizade talvez seja isso, do Padre Zezinho. Como eu adorava aquele livro! Trazia poemas lindíssimos sobre amizade, e eu os transcrevia para mandar para os amigos.

O Diogo Hãm achou o título do livro maravilhoso e por isso o pediu emprestado. Em 1994, sem dinheiro que não fosse dos vales estudantis, tínhamos o hábito de xerocar livros. Era isto que o Diogo Hãm queria fazer: xerocar o livro.

Emprestei com muito ciúme e com prazo de devolução curtíssimo. Dele transcrevi o poema-título inteiro e mandei para o Hiago. Era lindo. Era emocionante. Ler aquela parte sempre me fazia lembrar o Hiago. Num dia, muito emotivo, transcrevi o poema, perfumei a folha e entreguei a ele.

Enfim, bem na hora, o Diogo Hãm interrompeu a nossa conversa para devolver o livro. Quando bati os olhos nele,

descobri o PORQUÊ. Era isso! Estava claro para mim agora. Era isso! Era óbvio. Era o único motivo!
— Que livro é esse?
— É meu, Hiago!
— É do Padre Zezinho!
— Sim, foi escrito por ele, mas é meu!
— O poema que você me mandou tá aí.
— Sim, eu transcrevi daqui!
— Pensei que era seu! Achei lindo!
— Era o que eu queria dizer.
— Queria? Não quer mais?

A Dona Célia tinha lido o poema. Ela estava com a mania de vasculhar as coisas do Hiago por causa da tal Fabrícia. Ela era completamente contra aquele namoro. Por isso lá estava eu, sem poder ligar para o Hiago e sem ir até a casa dele.

Acabamos "fazendo as pazes" e encontrando alternativas para aquela situação não atrapalhar nossa relação. Assim, todas as vezes que eu precisava falar com o Hiago, eu pedia que uma voz feminina ligasse para a casa dele, mandasse chamá-lo e depois passasse o telefone para mim. Acontece que nem sempre eu tinha uma garota do meu lado.

Nossa amiga Rochele foi, por várias vezes, essa voz feminina, mas nem sempre ela estava comigo. Com isso, criamos um código. Quando não havia nenhuma menina disponível para ligar, eu ligava. E, quando do outro lado alguém atendia, eu desligava. Fazia isso três vezes seguidas para que ele soubesse que era eu.

Na quarta vez, ele sempre atendia!

Ele sempre atendia!
Ele sempre atendia!
Ele sempre atendia!
Ele sempre atendia!
Ele sempre atendia!
Ele sempre atendia!

Depois de alguns meses, Hiago foi transferido de escola. A ausência dele custou-me tanto quanto ler a Bíblia inteira em um dia. Nossos encontros, nossas ligações... Tudo era fortuito. A paixão de um pelo outro ia crescendo cada dia mais. Crescia cada vez que nos encontrávamos às escondidas na casa da Mayra. Crescia cada vez que a Rochele ligava para a casa dele para que eu pudesse falar. Crescia toda vez que nos olhávamos, a cada ida ao cinema, a cada encontro depois das aulas. Crescia em todos os ônibus que deixávamos de pegar só para passar mais tempo um com o outro. Mesmo com tudo isso, nem nos dávamos conta de que estávamos em necessidade mútua. Afinal, o ser humano precisa amar e pertencer. O ser humano tem a necessidade de ser amado, querido por outros, de ser aceito por outros. Nós queremos nos sentir necessários a outras pessoas.

Quando eu percebi que tudo o que estava acontecendo não era mais amizade da mais pura, tinha ultrapassado limites, comecei a ter um único medo: **PERDER A PSEUDOAMIZADE DO HIAGO**. Eu acreditava que, caso ele desconfiasse de que eu estava apaixonado por ele, ele se afastaria de mim por completo. E esse medo me perturbou dias e dias. Achava que a amizade era a única coisa que o Hiago podia me oferecer e, só de pensar em perdê-la, me apavorava.

Enfim, comecei a fingir, em todo o meu corpo, que eu não

sentia mais nada além de um grande carinho, ainda que me viessem as palavras de um autor de quem agora não me lembro: "Amor e fumo não se escondem". E por horas e horas as mãos trêmulas escreviam essa frase num papel de rascunho. A vontade que tinha era mandá-la para o Hiago. Mas nem sob tortura eu faria isso.

Rochele, Dandara e Luciana eram quem me ajudavam a disfarçar todo esse sentimento que me traía nos olhos. Até que, um dia, ele foi ao colégio para buscar seu documento de transferência escolar e escutou uma conversa entre mim e a Dandara. Conversávamos sobre paixão, amor, amizade e, claro, sobre meus sentimentos em relação ao Hiago. Ele ficou encucado com aquilo e não sossegou enquanto não marcou com a Dandara um encontro para fazê-la explicar aquela história de paixão, amor e amizade envolvendo o nome dele. Ela se embananou, tentou fugir, mas não teve jeito. Teve que marcar.

 Teve que marcar.
 Teve que marcar.
 Teve que marcar.
 Teve que marcar.
 Teve que marcar.
 Teve que marcar.

O melhor projeto

Dias depois, aconteceria uma Feira Cultural no colégio. O grupo de que eu participava decidiu montar uma peça teatral cujo título era "Críticas", sátira em que imitávamos os professores dando ênfase aos fatos rotineiros da escola. Fui o incumbido de escrever o texto da encenação. Acabei colhendo fatos do dia a dia da escola e pondo uma pitada de humor na nossa história, que se passou num apartamento de classe média urbana. Com isso, interpretei o Jailtinho Brega, uma sátira ao professor de Português, Jailton. Caricatural, o personagem falava pelos cotovelos fatos e curiosidades sobre a língua portuguesa. Havia também o padre que o Leandro interpretava, a gostosa a quem a Helena deu vida, a empregada, a dona de casa.

Quando o amor é assim, e não assado

Todos os personagens recheados de características dos nossos professores. Até os nomes eram semelhantes. Foi um dia divertido. Nós mesmos separamos os figurinos de cada personagem, juntamos uma grana e compramos o cenário, cuja pintura ficou por conta do Leandro, que sempre gostou de artes visuais. Ele fazia quadros lindos! Foi uma festa no dia em que compramos as madeiras do cenário e levamos para o Leandro pintar em casa. Ríamos, brincávamos e nos divertíamos ao transformarmos as madeiras em paredes de apartamento. Ficou muito show. Até maçaneta de verdade tinha na porta. Sei que, até hoje, o Leandro produz obras belíssimas, mas não vive disso. Ele é advogado.

Como eu falava, as tarefas foram divididas entre todos nós. Mas ainda faltava a sonoplastia.

"Raimunda Pinto, sim, senhor!" é um espetáculo importantíssimo para a cultura do estado do Piauí. A peça conta a história de uma negra pobre e miserável nascida no Ceará e portadora de lábios leporinos. Próximo ao dia da Feira Cultural, tinha surgido uma apresentação no Theatro 4 de Setembro e decidi ir ver. Apaixonei-me ao ouvir ao vivo as músicas que compunham a trilha sonora da peça. Daí lancei a ideia: Por que não tocar ao vivo as músicas também na nossa apresentação? Todos adoraram a sugestão, mas a grande dúvida era: Quem tocaria?

Quem tocaria?
Quem tocaria?
Quem tocaria?
Quem tocaria?
Quem tocaria?
Quem tocaria?

Júnior Marks

O Hiago, como eu já havia falado, sabia tocar violão. Aprendeu sozinho e muito cedo. As músicas do Kid Abelha eram as favoritas dele. Mas "Pra ser sincero", dos Engenheiros do Hawaii, era a que ele tocava com maestria. Tanto que ele gravou uma fita cassete com a canção tocada e cantada por ele e me deu de presente. Logo, sugeri aos meninos que convidássemos o Hiago para tocar as músicas da nossa peça. Todos concordaram e assim o fizemos. Mas ele não topou. Naquele dia, em sua nova escola, haveria simulado.

Apresentamos nossa peça em quatro sessões. Duas no período da manhã e duas à tarde. A escola inteira nos assistiu. Tínhamos um camarim improvisado onde, fora de cena, nos deliciávamos com os risos e aplausos da plateia a cada piada de um personagem. Fomos aplaudidíssimos!

Fomos aplaudidíssimos!
Fomos aplaudidíssimos!
Fomos aplaudidíssimos!
Fomos aplaudidíssimos!
Fomos aplaudidíssimos!
Fomos aplaudidíssimos!

Foi nesse tempo que me apaixonei verdadeiramente pelos palcos, pelas artes, pela vida de artista. Terminamos a última apresentação com uma vontade em comum: ir para casa e dormir. Estávamos MUITO cansados, mas imensamente satisfeitos. A sensação de missão cumprida tinha apagado da memória cada ensaio que não deu certo, cada ofensa que trocamos, cada atraso do Leandro. Descobrimos, naquele dia, que nossa amizade era soberana e nada poderia nos separar. Descobrimos que éramos fortes juntos e o pacto havia sido selado mesmo sem combinar. ÉRAMOS AMIGOS DE VERDADE. Para aquela mesma noite, a escola tinha agendado uma festa para a entrega da premiação. Os melhores projetos apresentados na Feira Cultural receberiam troféus numa cerimônia realizada em uma boate. Não fui à festa por diversos motivos. O cansaço foi um deles, mas não o único. Ganhamos o prêmio de melhor projeto da Feira Cultural.

Por causa dessa premiação, decidimos criar um grupo de teatro na escola. Outras apresentações vieram, e outros alunos se inscreveram para participar do grupo. E assim íamos fazendo história naquela escola. Éramos conhecidos pelo prédio inteiro como "os meninos do teatro". A escola era liberada aos domingos para a gente ensaiar nossas produções. Numa dessas idas, o Diogo Hām – só podia mesmo ser coisa dele – aprontou uma das suas. Ensaiávamos sempre no pátio que ficava no terceiro andar. Lá também ficava a cantina. Quando não estava ensaiando, o Diogo Hām ficava "atentando". Ensaiávamos uma apresentação quando demos pela falta do Diogo.

— Cadê ele que não tá aqui infernizando?

— Deixa ele quieto. Pelo menos longe ele não atrapalha.

— Tomara que ele não esteja fazendo besteira pelo prédio porque é bem capaz de não deixarem mais a gente vir ensaiar.

Depois de algum tempo, entra pela porta o Diogo Hām esbaforido e com o olho tão grande que eu podia jurar que era a Dandara. Esqueci de falar, mas a Dandara tinha um olho enorme, além de ser muito magra. Então a chamávamos de "Maguinha do oião".

— Olha o que eu achei!

— O que é isso, Diogo?

— Rum! Adivinha!

— Meu Deus, eu não acredito, não!
— Onde foi que tu achou isso, menino?
— Lá na cantina. Eu coloquei a mão por dentro das grades e achei.
— Meu Deus!

Enquanto a gente ensaiava, o Diogo Hām foi à cantina da escola e encontrou várias fichas de lanche. Umas de salgado, outras de refrigerante. E ele pegou um monte de cada. Na semana seguinte lanchamos todos os dias completamente de graça. Além de alguns quilos a mais, ao final da semana, o Diogo Hām ganhou das meninas do nosso grupo vários beijinhos de agradecimento.

O primeiro lugar

Hiago e Dandara acabaram marcando. Marcaram para conversar depois da Feira Cultural. Pedi à Dandara que não revelasse a verdade. Pedi por tudo o que era de mais sagrado (Oh! Drama!). Fiz que ela jurasse e prometesse não falar nada sobre o que realmente estávamos conversando. Ela me prometeu. Eu confiei. Combinamos que a única coisa que ela diria era que ela estava a fim dele. Só assim ele acreditaria. Foi o jeito.

Durante todo o período da feira, isso só me saía da cabeça quando eu estava interpretando o meu personagem. Passei o dia esperando por esse instante. Até que o momento chegou! As visitações aos trabalhos cessaram e o Hiago apareceu. Trocamos cumprimentos com tantas saudades... Por um breve momento, meus olhos brilharam e se encheram de lágrimas que, por pouco, não transbordaram. Queria esquecer tudo e ir com ele dali para bem longe, onde ninguém pudesse nos ver, onde a hipocrisia não nos alcançasse, onde as línguas malignas não destilassem veneno sobre nós. Impossível.

— Como é que tá?
— Tô bem!
— E a feira?
— Rolando.
— O trabalho de vocês ficou muito bom!
— Gostou?
— Gostei!
— Não vi você assistindo a nada!
— Fiquei lá atrás.
— Hum!
— Tá atrás da Dandara, né?!
— Tô! Ela te falou algo?
— Não, não! Só disse que iria sair com você!
— Sair comigo?
— É! Sair com você! Por quê?
— Não, a maneira como você falou!
— O que tem?
— Sei lá! Parecia que você estava insinuando algo entre nós dois!
— Imagina! Bobagem! Ela tá vindo aí. Vai lá. Depois a gente se fala.

Parecia que a Dandara tinha sido alvejada. Vinha mais branca que a Praia do Coqueiro em pleno réveillon, carregando todo aquele fardo por minha causa. Eles procuraram uma sala afastada e saíram.

— Me espera! Não vai embora sem mim!
Dandara fez esse apelo com o olhar de quem segue para a forca. Foi o que fiz!

Aguardei!
Aguardei!
Aguardei!
Aguardei!
Aguardei!
Aguardei!
Aguardei!

Até que ouvi o barulho da porta sendo aberta. Rapidamente passou por mim o Hiago avisando que a Dandara estava me aguardando na sala. Corri até ela, que estava com o rosto molhado de lágrimas.
— O que houve?
— Eu estou me sentindo imunda!
— Mas o que houve?
— Eu tô imunda, Neto! Não me abraça, por favor!
— Mas o que aconteceu?
— EU FIQUEI COM O HIAGO!
— ....
Usei as várias reticências com a intenção de parafrasear Machado de Assis. Afinal, assim como Brás Cubas, eu também não tinha nada a fazer, a não ser me calar.
— Ficou? Como assim?
— Fiquei, beijei! É por isso que eu tô me sentindo imunda.
— Meu Deus!
— Ele disse que já que eu tava a fim dele, a gente poderia aproveitar aquele momento a sós e "ficar". Desculpa!

Nesse momento, eu tive uma sensação tão estranha. A eterna sensação de que o tiro tinha saído pela culatra. Na verdade, eu senti, verdadeiramente, que tinha dado um tiro no próprio pé. Em nenhum momento passou pela cabeça que isso pudesse acontecer. Também me sentia imundo. Afinal, fiz de minha amiga um fantoche. Uma marionete. O pior de tudo é que eu não me saí um bom tiriteiro.

— Não! Eu que tenho que te pedir desculpas. Eu te coloquei nessa situação. Você não tem nada a ver com essa história. Aliás, nem tem história. Tudo isso é coisa da minha cabeça. Só eu mesmo para acreditar que o Hiago poderia sentir alguma coisa por mim. Meu Deus. Eu só faço burrada! E ainda envolvo os outros que não têm nada a ver.

— DESCULPAAAAAAAAAAAAAA!

— Para de me pedir desculpas, por favor! Sou eu o errado aqui.

— Eu não queria ter feito isso, Neto! Eu não queria!

— Para! Para! Para! Não me deixa mais culpado do que eu já tô!

— Desculpa!

— Vamos limpar esse rosto e vamos descer!

Quando eu desci as escadas com a Dandara, o Hiago estava lá embaixo me esperando.

— Neto, eu quero falar contigo!

— Comigo?

A Dandara fez sinal para eu ir, que ela iria ficar bem. Ele apenas queria que fôssemos juntos para o ponto de ônibus.

— Você sabia que a Dandara era a fim de mim?

— Pois é! Ela falou algo sobre isso!

— Rapaz, e você nem pra me falar nada!

— Aquela coisa, Hiago! Ela pediu segredo e tal. E era uma coisa que, mesmo envolvendo você, dizia respeito a ela!

— Pois é! Só que hoje ela não aguentou mais guardar segredo e me contou tudo!

— Tudo?

— É! A gente ficou. Ela te disse?

— Sim, sim! Disse!

— O que você tem? A gente passa um tempão sem se ver e quando eu venho aqui você fica todo estranho.

— Não, Hiago, não é isso! É que eu tô muito cansado. Essa feira foi estressante. Ainda tem essa festa de premiação hoje à noite. Eu nem sei se vou!

— Poxa! Você tem que ir! Acho que vocês vão ganhar o primeiro lugar. A peça teatral que vocês fizeram estava muito legal.

— Pois é... Ainda tenho que resolver! Nossa! Lá vem meu ônibus. Veio rápido. Graças a Deus!

— Deixa passar esse. Vamos ficar conversando mais um pouco.

— Não, Hiago. Esse eu não posso deixar passar. Eu tô muito cansado mesmo.

E entrei no ônibus, sem olhar para trás. Doído, dolorido, magoado. Chorei a viagem inteira. Não queria ir para festa nenhuma. Não tinha ânimo! Só queria chorar. Só queria sofrer. Cheguei à minha casa e fui ao banheiro. Minhas lágrimas se confundiram com a água do chuveiro. Sequei-me, entrei no meu quarto e adormeci. Só acordei no dia seguinte com o toque de telefone. Era a Luciana.

— Ganhamos!

— O quê?

— O primeiro lugar!
— Onde?
— Acorda, menino! Ainda está dormindo, é? Na feira!
— Geeeeente!
— Pois é! O Evaldo disse que era para gente comemorar!
— Ah! Claro, claro!
— Você está diferente! Aconteceu algo?
— O de sempre!
— Aff! O Hiago!
— É.
— E o que foi dessa vez?
— Só dá para falar pessoalmente.
— Pois então tá! Volta a dormir que o teu mal é sono. Depois a gente se fala.

Acho que vi um gatinho

Para mim, voltar a dormir significava, naquele momento, muito mais do que somente deitar e adormecer. Representava desconectar, sumir. Era isso o que eu queria mesmo.

Desaparecer!
Desaparecer!
Desaparecer!
Desaparecer dali!
Desaparecer com aquela dor!
Desaparecer de mim!
Desaparecer de todos!

Os dias foram passando, a poeira foi baixando e fui me envolvendo com outros problemas. Passar de ano, por exemplo, era um deles. Eu tinha ficado de prova final em diversas disciplinas. E não podia dizer isso aos meus tios. Aí residia o meu dilema, porque as avaliações finais eram pagas. COMO EU IA PAGAR? Não sei por que cargas-d'água a Rochele se encontrava nesta mesma situação de agonia. Com ela tive uma ideia que, para nós, era fantástica.

— Como é isso, Neto?

— Ouvi minha tia dizendo que deixou lá na agência da Caixa Econômica. Aquela que fica ali perto da Praça João Luís Ferreira.

— E como é que a gente faz?

— Tem que ter alguém maior de idade para fazer isso. Essa pessoa vai lá e penhora as joias.

— Ah! Ótimo. Você tem muita coisa de ouro?

— Tenho uma pulseira e dois colares, e a minha irmã tem um par de brincos que ela não usa mais.

— Pois pronto. Está resolvido! Vamos só achar a pessoa certa pra fazer isso.

Lúcia foi a única pessoa em quem pensei. Conversei e ela topou. Assim, eu, Rochele e os demais amigos conseguimos a suada aprovação e as tão sonhadas férias. As férias não me atraíam nem um pouco, porque, com elas, vinha a solidão. Ficaria sem ver meus amigos. E, claro, por mais que o Hiago já tivesse saído da escola, lá ainda era o lugar que mais me lembrava dele.

Gostava de estar na escola, de falar do Hiago. Se possível fosse, eu passaria um dia inteiro falando nele. Alugando os ouvidos dos amigos. Como disse a Camila Morgado uma vez em um programa de televisão: CANSANDO QUEM ME QUER BEM. Até porque não há nada pior do que ouvir a mesma história trezentas vezes. Os apaixonados têm essa mania. Repetem a mesma história diversas vezes. Eles me lembram os bêbados! E, de fato, eles possuem algo em comum. Estão inebriados, sem controle dos sentidos. Quer sentir-se apaixonado? A sensação é idêntica: tome um porre!

Tome um porre!
Tome um porre!
Tome um porre!
Tome um porre!
Tome um porre!
Tome um porre!

Depois do episódio da Dandara, o Hiago nunca mais foi ao colégio. Volta e meia ele me ligava, mas eu deixei de ligar para ele. Queria que ele sentisse um pouco a minha falta. Queria me sentir querido também. Ao perceber isso, ele passou a ligar, cobrar, perguntar. Enfim, questionava a minha distância. Eu sempre dava uma desculpa. Assim as férias iam passando. O que me consolava era uma foto 3×4, que ele me deu no dia em que fotografou.

— Fica com essa para você!
— Hum! Obrigado!
— Tá vendo o detalhe da camisa?
— O desenho do Frajola?
— É. Toda vez que você olhar pra essa foto, você diz: "Acho que vi um gatinho!"
— Você se acha mesmo!
— Eu não me acho não! Eu me tenho certeza!

Eu ria. Achava engraçado! Aliás, uma das coisas que mais me fascinavam no Hiago era a inteligência. Sou apaixonado

Quando o amor é assim, e não assado

por pessoas inteligentes. Já disse isso, não é? Pois é! Ele dominava com habilidade diversos assuntos. E isso me encantava! Sentia-me como uma criança ouvindo, pela primeira vez, as agruras de uma heroína de contos de fadas. Assim, todas as vezes que eu olhava aquela foto 3×4, eu pensava: "Acho que vi um gatinho!".

90
décadas

    Sempre tive o hábito de estudar. Gostava! E fazia isso sem esforço. Mas, na minha sala, não tinha apenas os que gostavam. Era uma sala de mais ou menos cinquenta alunos com uma infinidade imensa de personalidades.

    A Dandara se sentava lá no fundão. Estudar não era muito o seu forte. O que ela queria mesmo era ser famosa. Cantora, atriz, modelo. Ela atacava de tudo. Às vezes, em diversos recreios, fazíamos rodinha só para ver a Dandara cantar em inglês. Ela tinha uma voz linda.

    A Luciana se sentava na frente. Era a típica CDF. Inteligente, magrinha, pequenininha, pouquinha e usava óculos. Sabia todas as regras gramaticais e todas as equações matemáticas. Adorava literatura e tinha um ótimo gosto para música. E ria. Ria de tudo. Rir era o seu forte.

O Jhone eu não sei explicar bem. Ele fazia parte de... Acho que era uma seita religiosa. Se me recordo bem, acho que era "Rosa Cruz" o nome da ordem. Também era super-hiperultramega inteligente. Gostava de pedras: ametistas, cristais, quartzos. Ele as energizava e então ninguém mais podia tocá-las, a não ser a pessoa para quem o cristal tinha sido especialmente entregue. Às vezes, me dava um medo, um frio na barriga, mas depois passava. Lembro-me de um dia em que um colega de sala viu o Jhone me presenteando com uma dessas pedras.

— Jhone, isso aí é o quê?
— Um cristal!
— Ah! Esse aí é daqueles cristais que a gente energiza, não é?
— Não! Esse aqui é daqueles que você coloca no cu. Aí você fica tirando e colocando, tirando e colocando, tirando e colocando...
— Oh! Louco. Que exercício, hein!

Ri durante uma semana desse episódio. Bem, o Jhone também era um dos que sentavam na frente. A Rochele era a minha companheira fiel. Morávamos próximo e sempre nos encontrávamos às seis e quinze da manhã na Avenida Frei Serafim para pegar nosso busão. A Avenida Frei Serafim é atualmente o local mais movimentado de Teresina e, por ela, passa o principal fluxo do cotidiano das pessoas. Seu cenário remonta a uma memória histórica da cidade. Tem esse nome em homenagem ao frei que construiu a Igreja de São Benedito, que fica ali no início da avenida.

Era com a Rochele que eu desabafava melhor todos os meus desejos e todas as minhas dúvidas, e vice-versa. Sentava à frente e do meu lado. Sempre calma. Nós nunca nos abandonamos. Somos grandes e bons amigos até hoje. Ela se casou numa linda cerimônia. E adivinha quem foi o padrinho da união?

A Mayra sentava no meio. Assim como a Dandara, tinha o sonho de ser famosa. Mas, às vezes, era consumida pelo sonho da mãe dela – a quem carinhosamente chamávamos de mãinha –, que queria que a filha fosse advogada. Era dona de uma voz linda e interpretava superbem. Fez parte do grupo de teatro da escola e foi consagrada com uma personagem chamada "Xica Radar" numa das apresentações do grupo. Hoje ela é advogada.

O Leandro era um artista nato. Sentava lá no fundão junto com a Dandara e o Diogo Hām. Pintava telas com uma sensibilidade singular. Muito inteligente também, mas não abusava dessa qualidade. Acreditam que o Leandro acabou se apaixonando pelo Diogo Hām? Pois é! Mas hoje são apenas grandes amigos. No entanto, melhor que o Leandro só mesmo a própria a mãe dele: todas as vezes que o Leandro tirava a mãe do sério, ela se zangava e, histérica, rasgava a blusa que vestia. Era uma média de trinta blusas rasgadas por mês e todo um limite de cartão de crédito para repô-las ao guarda-roupa. Hilário!

Hilário!
Hilário!
Hilário!
Hilário!
Hilário!
Hilário!

Quando o amor é assim, e não assado

O Diogo Hām dispensa comentários. Era o bobalhão mais apaixonante do mundo, sabe?! Daqueles que dão vontade de apertar. A lembrança que tenho dessa época é dele vestido num macacão jeans e uma camisa polo listrada verde-musgo. Ele ficava tão engraçado. Não dávamos nada por ele, mas sei que hoje ele está fazendo mestrado em Serviço Social.

Claro que havia muitos outros alunos, mas era com esses que dividia os meus dias. Era por causa deles que, verdadeiramente, ia ao colégio. Ia ao colégio para brincar de ser artista. Para cantar em inglês. Num desses ensaios, acabei acertando o olho da Kika com meu estojo de lápis. Tentávamos reproduzir uma cena de novela protagonizada pela Regina Duarte e pelo Antônio Fagundes. Numa dessas empolgações da personagem, acertei a Kika, que passou uma semana de olho roxo. Mas ela entendeu que tinha sido sem querer.

Assim, os anos passavam, nós íamos crescendo, amadurecendo. Uns deixando a escola. Outros ficando. Com essas saídas, muita coisa foi se acabando, se esvaindo. O grupo de teatro, alguns contatos. Uns passaram no vestibular; outros, não. A cada dia, as ligações diminuíam, até que elas não vieram mais. Mesmo assim, ficou a boa lembrança da gostosa década de 1990. Um período tão intenso que nos deu a sensação de ter vivido noventa décadas numa só.

Muito obrigado!

Era manhã!

Dia de aula!

O Professor Rafael, de Geografia, havia separado umas equipes para realizar uma Feira de Geografia na escola. Como sabem, cada grupo ficou com um tema. Nossa equipe tinha ficado com o tema "vulcanismo". Tivemos várias ideias que culminaram na construção de um protótipo de vulcão de barro que seria produzido no Polo Cerâmico de Teresina. Além disso, decidimos produzir um fôlder para entregar aos visitantes do nosso stand com informações curiosas sobre o vulcanismo. Fizemos um layout – que então chamávamos de "boneca" – e uma decisão dominou: "Quem faria esse fôlder?".

Em 1994, não tínhamos a habilidade que temos hoje no computador. Na verdade, não sabíamos como transcrever para a tela do PC o que havíamos projetado a lápis. Para nós, era dificílimo encaixar digitalmente todas aquelas informações dentro das dobraduras que caracterizam o panfleto. Eu tive a brilhante ideia de pedir ao Hiago, que acabara de ganhar um computador, que fizesse o fôlder para a gente. Liguei para ele.

— Oi!

— Oiii!

— Tudo bem, Hiago?

— Neto? Tudo bem! Quantas saudades!

— Pois é! E aí? Estudando muito?

— Um bocadinho. E você?

— O mesmo tanto de sempre (risos)! Estou te ligando pra te pedir um favor, não sei se você vai poder me ajudar!

— O que seria?

— É que o professor Rafael passou um trabalho para a gente apresentar apresentar numa Feira de Geografia que ele vai promover. A gente quer fazer um fôlder. Só que eu não sei nem para onde vai, muito menos as meninas. Aí eu pensei que talvez você pudesse fazer para mim. Você pode?

— Olha, eu não sei muito bem, mas eu posso tentar. Estou aprendendo ainda a mexer naquele troço. Mas, como eu te disse, eu posso tentar.

— Hiago, muito obrigado. Então vou fazer o seguinte: como a Daiana mora perto de você, eu vou mandar um esboço do que a gente está querendo, tá certo?

— Tudo bem! Vou ficar esperando. Mas... por que você não vem deixar?

— É que estou numa correria louca agora com o curso de teatro. Saio do colégio e já vou direto pro Theatro 4 de Setembro. Fico lá até as seis da tarde. Saio morto!

Claro que aquele não era o verdadeiro motivo. Depois que o Hiago saiu da escola, a coisa de que eu mais tinha medo era cruzar com ele. Não sei explicar esse medo, mas meu coração saltava dentro de mim ao pensar nessa possibilidade. Também não queria mais que ele visse como eu estava. O "caco" que eu fiquei depois que ele deixou a escola.

— Tudo bem, então. Eu vou aguardar. Vê se liga mais vezes. Ficou sumido!

— Pois é! Como te falei, o curso e a escola roubam todo o meu tempo, mas vou aparecer mais, pode deixar!

Desliguei o telefone com aquela velha sensação de estar deixando o amor me escapar pelos dedos. Sensação que tive todas as vezes que desligava uma ligação telefônica com o Hiago. No dia seguinte, peguei o esboço do fôlder e pedi à Daiana que entregasse a ele.

— Se ele perguntar por mim, diz que minha vida está muito corrida. Não tô tendo tempo nem pra me coçar.

— Tá certo!

— E fica no pé dele. O Hiago é descansado! Se deixar correr solto, ele vai entregar esse fôlder uma semana depois da feira.

Dito e feito. Todas as vezes que eu perguntava à Daiana pelo fôlder, ela vinha com a mesma resposta: "Toda vez que eu ligo pra ele, ele diz que tá terminando e nunca termina".

— Gente, a feira é na próxima semana. Poxa, o Hiago, em vez de ajudar, tá é atrapalhando. Que saco!

— Pois é, mas você foi inventar esse fôlder porque quis!

— E agora?

— Quer saber o que eu acho? Ele não vai entregar esse fôl-

Quando o amor é assim, e não assado

der não, sabia?
— Ah! Mas vai! Vai, sim! Nem que pra isso eu tenha que...
— Tenha que o quê? Só se você for buscar!
— Pois nem que eu tenha que ir buscar! Ele vai entregar "nem que eu tenha que ir buscar!".
E assim aconteceu. Liguei para ele e marcamos. Ele fazia um curso de informática ali na Avenida Frei Serafim. Aliás, em 1994, houve uma proliferação de escolas de informática. Lan houses existiram aos baldes. Falei que esperaria por ele na porta do curso, ao final da tarde. E assim aconteceu. Fui!

Fui!
Fui!
Fui!
Fui!
Fui!
Fui!

– E aí? Já tá pronto?
– Já, sim! Não sei se ficou tão bacana como vocês queriam, mas eu fiz. Isso é o que importa, não é?
— Bom, a essa altura do campeonato, o que importa mesmo é que tá feito!
— Nossa!
— Desculpa, Hiago, é que você demorou tanto a entregar. Na verdade, atrapalhou mais do que ajudou!
— Pois é, foi preciso o dono vir atrás! Mas é assim mesmo, só quando o mandante pressiona é que a gente conclui o serviço.
— Então tá. Custou quanto?
— Você sabe que não foi nada, Neto! Deixa de coisa!
— Tudo bem, então. Tchau!

Saí de lá e fui até a parada com uma sensação que não sei explicar. Um misto de saudade com tristeza. Às vezes, penso que gostava mesmo é de sofrer, sabia? Acho que fico procurando chifre em cabeça de cavalo. Fui a viagem inteira lembrando do Hiago, do que ele disse. De como ele estava mais bonito. Ele vestia um macacão jeans. Eu achava o Hiago tão lindo.

 Tão lindo!
 Tão lindo!
 Tão lindo!
 Tão lindo!
 Tão lindo!
 Tão lindo!
 Tão lindo!

 Gostava tanto do seu abraço. Meu amor me saía pelos poros, pelos olhos, por todas as partes do meu corpo. Àquela altura, o que eu sentia já era inegável. Eu estava tão perdido nesses pensamentos que nem me dei conta de que o ônibus já estava chegando ao ponto em que eu descia. Quase que deixava passar. Desci do ônibus e, ao pôr os pés em casa, o telefone estava tocando. Atendi.
 — Alô?
 — Poxa, será que não dava ao menos pra dizer um "obrigado"?
 — Como?
 — Você sabe do que eu tô falando, Neto. É o Hiago! Eu passei semanas tentando fazer aquele bendito fôlder que você me pediu. Pensando: "Poxa, será que o Neto vai gostar e tal", e você nem agradece!

— Ah! Pois se for por falta de "obrigado", MUITO OBRIGADO.
— Não é por falta de "obrigado", não. É por falta de carinho, falta de sentimento, falta de amizade falta de a...
— Fala.
— Falta de amor, é isso. É por falta de amor. É por falta de consideração. Você não tem consideração por nós, pela nossa história. Para você tanto faz. E quer saber, vou fazer igual a você. Para mim, a partir de agora, tanto faz também...
TU, TU, TU... (Novamente as onomatopeias me salvando!)
Hiago estava chateado porque percebeu minha frieza. Percebeu que eu estava distante, mas eu não sabia explicar o porquê. Acho que, bem lá no fundo, o que eu sentia era raiva!

Raiva!
Raiva!
Raiva!
Raiva!
Raiva!
Raiva!
Raiva!

Raiva do jeito passivo do Hiago. De sua calma em aceitar as decisões que a mãe tomava para a vida dele. Essa calma do Hiago, às vezes, me irritava. Para falar a verdade, sempre tive ojeriza por quem não sabe tomar decisões, por quem não tem pulso firme. Por quem não consegue puxar as rédeas das situações.

Naqueles dias, meu amor pelo Hiago tinha se transformado nisto: ojeriza.

O prometido

Com essa história de apresentarmos uma peça teatral na Feira Cultural da escola, pedimos auxílio ao Professor Evaldo. Ele era um professor "diferente". Ensinava Língua Portuguesa e era, digamos assim, um tanto excêntrico. Conversamos e ele topou nos ajudar. E ajudou mesmo. Em sinal de agradecimento, já falei que deixamos o troféu do prêmio de primeiro lugar com ele? Pois é, deixamos!

Os ensaios eram uma das coisas mais importantes para o professor. Tanto que ensaios extras, que não podiam ser na escola, aconteciam sempre na casa dele. Assim, fomos ficando mais próximos e descobrindo um pouco da vida pessoal dele, como o fato de que ele também era gay e que tinha um namorado chamado Fabiano.

Isso me deixava à vontade para desabafar minhas dúvidas,

meus questionamentos, meus sentimentos... O fato é que acabei contando tudo sobre a minha paixão "platônica" pelo Hiago. Platônica entre aspas mesmo, porque só depois de algum tempo descobri o que a Dandara tinha feito naquela sala no dia da Feira Cultural.

— Sim, Dandara, fala. Que história era aquela de amor, paixão e amizade que envolvia meu nome?

— Menino, esquece. Aquilo ali era besteira!

— Besteira?

— É. É que eu estava conversando com o Neto sobre meus namoros e falamos também de amizade. Aí, como vocês são muito amigos, ele lembrou de você. Foi só isso.

— Mentira!

— Como é?

— Mentira! Eu já sei. Só quero ouvir da sua boca já que não posso ouvir da boca dele.

— Hiago, pelo amor de Deus, me deixa fora dessa, por favor. Eu gosto muito do Neto. Não quero perder a amizade dele.

— E por que você perderia? Viu como tem algo?! Eu tenho certeza: tem coelho nesse mato. Poxa, fala logo, Dandara.

— Eu não vou falar! Oh! Meu Deus do céu. Você está me confundindo toda.

— O Neto é apaixonado por mim, não é?

— Você é louco, é?

— Fala! Diz que é. Eu só preciso confirmar isso. Eu também estou muito confuso.

As minhas ideias estão todas embaralhadas. Não é fácil acreditar nisso. Eu, na verdade, nem sei o que sinto também.

— Olha, Hiago, você está confundindo tudo. Na verdade

quem é apaixonada por você sou eu.

— Pelo amor de Deus, eu não vou acreditar nisso, não! Eu também não sou idiota, Dandara. Eu sei que é o Neto. Eu só quero ter certeza!

— Ai, meu Deus!

— Fala logo, Dandara!

— Ah! Quer saber? Pois é ele mesmo! Ele é apaixonado por você, sim. Aliás, apaixonado, não. Ele te ama. Ele é capaz de fazer por você coisas que você nem imagina. Sabia? Ele está lá fora sofrendo, com medo de perder a sua amizade. Ele acha que, se você souber disso, você vai se afastar dele. E esta é a última coisa que ele quer na vida.

— Mas, Dandara...

— Deixa eu terminar, agora você vai me ouvir. Você não quer a verdade? Pois pare e ouça. Ele te ama tanto que se contenta em ter só tua amizade. É suficiente para ele ouvir você contar com quantas garotas você ficou, com quantas você transou e quantas não quiseram te dar. Vê se para e se toca. Se você não gosta dele, você se afasta. Mas, por favor, não faça ele sofrer. Com medo de perder a sua amizade, ele me fez prometer que te diria que era eu que estava apaixonada por você. E aqui estou eu, fazendo tudo ao contrário do que ele me pediu. Quer dizer, quem vai perder a amizade dele sou eu!

— Pois então, Dandara, você precisa cumprir o que prometeu.

— Como assim?

— Você vai dizer para ele que disse isso.

— Isso o quê?

— Que me disse que você era apaixonada por mim. E vai dizer mais: que a gente ficou!

— Ele não vai acreditar!

— Mas ele tem que acreditar. Diz que eu te beijei e tal. Afinal, não sou eu que conta vantagem com as mulheres?

— Hiago, isso não vai dar certo!

— Tem que dar. Ou você quer ficar sem seu melhor amigo?

— Ai, meu Deus. Eu só me meto em encrenca. Deus me livre!

— Combinado?

— É o jeito. Combinado!

Descobri tudo isso porque o Professor Evaldo, a quem eu já chamava de Evaldo, teve que viajar e acabou me ajudando a criar uma situação para que eu me declarasse para o Hiago. Na cabeça do Evaldo, o Hiago precisava saber o que eu sentia. Segundo ele, eu não tinha nada a perder. Quando ele decidiu passar um feriado – que eu não lembro qual – fora da cidade, ele me ofereceu o próprio apartamento para eu ir conversar com o Hiago.

Aceitei a sugestão e recebi as chaves.

Sina

A cidade estava deserta.

O sol escaldante de Teresina queimava nossos corpos. As árvores, tão características de nossa cidade verde, não balançavam nenhuma de suas folhas. Não havia vento. Só sol e, com ele, o calor. Era a época que os piauienses chamam de B-R-O. BRÓ. O período mais quente da região, que corresponde aos meses de setembro, outubro e novembro.

Encontrei-me com o Hiago em frente ao Comercial Barroso, que fica próximo ao que hoje chamamos de ADH e que, na época, chamávamos de Cohab.

Disse ao Hiago que queria conversar com ele um assunto muito importante. Falei que o Evaldo tinha viajado, deixando as chaves do apartamento comigo. Perguntei se poderia ser naquele feriado.

— Pode!
— Pode?!
— Pode!
— Pode?!
— Pode!
— Pode?!
— Pode!

Do local marcado, seguimos ao Cristo Rei, bairro onde ficava o apartamento do professor. Quando chegamos lá, havia em cima da mesa de centro da sala um bilhete em que se lia:

Meninos,
Espero que consigam se entender! Quero pedir-lhes um favor. Deem comida aos meus peixes, a ração está do lado direito do armário da cozinha, na parte de cima. Por favor, não esqueçam! No mais, podem usar e abusar do apartamento.
P.S.: cuidado ao utilizar os equipamentos (risos)!
Evaldo

O Hiago leu o bilhete em voz alta, e soltamos risadas exatamente no ponto em que o bilhete sugeria. A metáfora utilizada pelo professor nos fez imaginar diversas coisas. De fato, o bilhete descontraiu um pouco a tensão do que eu tinha para falar e do que, para mim, o Hiago ainda desconhecia.

Fomos direto para o quarto do Evaldo. Era um quarto pequeno, porém aconchegante. Não tinha cama. O colchão ficava envolto em lençóis em cima de um tapete. De um lado, uma parede de espelhos. Do outro, uma porta que dava acesso a um banheiro. Na frente do colchão havia um rack com uma televisão e um equipamento de som. Ligamos o ar-condicionado e depois a TV. Assistimos a um pouco do Piauí TV, comentamos

alguns noticiários e, então, começamos a conversar. Na verdade, eu comecei um baita de um monólogo.
Falava.
Falava.
Falava.
Falava.
Falava.
Falava.
Falava.

E não conseguia dizer nada. Não tinha coragem de olhar nos olhos do Hiago. Tudo em mim tremia. Minhas pálpebras, minhas pernas, minha voz! E ele só me olhava. Só me ouvia. Fitava-me com um semblante sereno, fazendo que sim com um leve balanço de cabeça, os lábios esboçando um sorriso tênue. Por vezes, passava a mão nos cabelos. Em outras se enrubescia. De repente...
— Está com calor?
— Não!
E ele tirou a camiseta. Pela primeira vez pude perceber o Hiago como um homem de verdade. Seu peitoral com leves pelos me desconsertou. Olhei todo o seu tórax. Do pescoço ao umbigo. Posso, ainda hoje, descrever cada detalhe daquela parte do seu corpo. De repente, deparei-me com o cadarço do elástico da bermuda e foi aí que entendi que, além de amor puro, eu também o desejava.
 Meu corpo todo começou a reagir e se enrijecer de maneira desconcertante. Eu já não raciocinava. Comecei a perceber tudo no Hiago, inclusive a alteração que ia deixando sua bermuda cada vez mais apertada no corpo. Percebi seus olhos, sua boca, seu peito, seu cheiro. Estávamos a menos de um me-

tro um do outro, e nada acontecia ali de risível. Já não havia mais nada de singelo. Tudo agora era desejo.

— Me diz uma coisa: Você está apaixonado por mim?
— Como é?
— Isso mesmo que você ouviu! Você está?
— Está o quê, menino?
— Apaixonado por mim?
— Quer mesmo saber?
— Claro que quero!
— Estou. Estou, sim!
— E essa era a coisa mais importante que você tinha pra me dizer?
— Era.
— Precisava enrolar tanto? Eu já estava ficando com sono.
— Eita. Está vendo? Tamanho é o seu interesse neste assunto.
— Não! Não é isso. É que eu já sabia!
— Eu dei muita mancada, né?
— Deu, mas...
— Mas o quê?
— A Dandara me falou!
— A Dandara?
— Foi!
— Ah! Descarada!
— Mas não fique com raiva dela, não. Ela gosta muito de você. Nem foi fácil arrancar isso dela!

E ele começou a contar, com seus pormenores, tudo o que aconteceu naquela "bendita" sala do colégio no dia da Feira Cultural. Não senti raiva da Dandara. Nem poderia. Não sentia mesmo. No fundo, no fundo, achei até engraçado. Senti-me valorizado, querido, amado! Não me restava nada senão sorrir!

Sorrir!
Sorrir!
Sorrir!
Sorrir!
Sorrir!
Sorrir!
Sorrir!

Ri tanto dessa história que um beijo interrompeu o riso. Não posso dizer que foi romântico, porque meus dentes se chocaram com os do Hiago, fazendo um barulho tão estranho que começamos a rir novamente. Ríamos e rolávamos na cama deixando o desejo nos dominar. Sendo levados por ele. Nossas roupas iam abandonando nossos corpos, pernas e braços misturados. Até que o Hiago, já de cuecas, percebeu que a TV estava ligada.

Levantou-se, diminuiu a luz, desligou a televisão e ligou o som, que já sintonizava a FM Cultura. "Sina", do Djavan, era a música. E assim voltamos à sintonia do desejo, à frequência perfeita dos corpos. Refletidos no espelho, éramos testemunhas de nós mesmos. De repente...

— Fica em pé em frente ao espelho!
— Mas eu estou pelado, Hiago!
— Fica em pé em frente ao espelho.
— Tá bom!
— E aí? Mudou alguma coisa?
— Acho que não!
— Então deixa eu te dizer uma coisa: você disse que tinha medo de perder minha amizade, não era?

— Isso!

— Mas como você poderia perder minha amizade se você tem o meu amor? Se eu também sou apaixonado por você? Se eu te amo?

— Eu também te amo! Dom. Frio. Calor. Suor. Beijos. Amassos. Escuro. Sina. Lençóis. Cuecas. Desejo. Prazer. Água. Banho. Beijos. Amassos. Abraços...

Beijos!
Amassos!
Beijos!
Amassos!
Beijos!
Amassos!
Beijos!

Depois de açoitar o ar com gritos do nosso prazer, fomos embora. Alegres, leves, felizes e saciados. Apenas os peixes não foram alimentados!

Sim, mas quando?

Acho que tudo aquilo bagunçou um pouco a cabeça do Hiago. Ele já não me ligava mais, já não me procurava. Ele nunca estava em casa quando eu ligava para ele. Achei tudo aquilo muito estranho. E assim eu também me afastei. O fato é que passamos três semanas sem nos falarmos. Até que um dia...

— Alô?

...

— Aalô?

...

— Alôôôô?

— Oi. É o Hiago!

— Menino... Cadê você? Você sumiu. Fiquei preocupado.

Aconteceu alguma coisa?

— Aconteceu, sim! A gente pode conversar?

— Sim, claro! Tivemos um encontro no shopping, e o Hiago acabou desabafando para mim todas as suas angústias e inquietações. Fiquei com tanto dó dele. Mesmo com pena, eu não sabia o que fazer para ajudá-lo. Como já falei, eu nunca tive problemas com a minha sexualidade. Para mim, nunca foi um bicho de sete cabeças. Talvez tivesse umas três, mas sete era demais.

— Eu não sei nem o que te dizer, Hiago!

— Pois é, eu sei. Gostei de tudo, mas achei estranho, me sentindo culpado, sei lá! Eu estou muito confuso, nervoso, com medo. Acho que eu preferia a dúvida dessa paixão. Está sendo muito duro conviver com essa certeza.

— Então a melhor saída é...

— Não sei, não faço ideia. Perdi meu poder de raciocínio. Roubaram minha capacidade de pensar. Furtaram de mim.

— Mas... eu acho que sei!

— Então me ajuda, Neto, eu não estou bem! Me sinto carregado. Só penso nisso. Minha cabeça não para de doer. Acho que estou enlouquecendo.

— Só vejo uma alternativa.

— Qual?

— A gente se afastar!

— Isso é o que você tem de melhor pra sugerir?

— Não pense que é fácil pra mim também. É difícil, mas desculpa, Hiago! Não sou terapeuta. Não posso cuidar dos seus traumas. Já dizia o Jabor: "Não quer se envolver, namore uma planta. É mais previsível". Não somos um programa de computador. Somos humanos. Não sabemos o final. Não sabemos, por exemplo, como nos comportaremos daqui a cinco minutos. Há alguns dias, eu talvez me comportasse diferente, mas eu cansei. Eu cansei de dor, sofrimento. Eu quero viver, quero ser feliz, quero estar com quem amo.

— Essa não é a melhor saída!

— É. Você não vai ter coragem de enfrentar nada para ficar comigo. Sei que isso é muito romântico. Que a felicidade só acontece nos contos infantis e em finais de novela, mas desculpa. Não posso esperar o fim de uma dramaturgia que não escrevo. Você não será meu. Sabe qual vai ser o seu destino? Casar, ter filhos e fazer uma pobre coitada infeliz. Sabe por quê? Porque você não tem coragem de decepcionar ninguém. Com isso, acaba decepcionando a si próprio. Abre mão da própria felicidade pra fazer os outros felizes. Assim é você!

— Você está sendo cruel!

— Você também foi cruel quando só quis ser meu amigo. Foi cruel quando me usou para satisfazer os seus desejos, para sanar suas dúvidas, e está sendo cruel agora terminando tudo comigo.

— Eu não estou terminando nada com você, eu estou buscando alternativas.

— O que você quer é namorar uma menina e sair comigo de vez em quando, e assim eu não quero. Isso não me basta. O que você queria era que eu implorasse pelo seu amor, mas desculpa, Hiago, isso eu não vou fazer. Por isso, se você não sabe o que quer, é melhor a gente se afastar enquanto você procura um psicólogo para tratar de você. Eu não sou a pessoa adequada pra isso.

— Então agora é você quem está terminando tudo?

— Não! Você pode ficar com esse mérito, se isso lhe satisfaz. O que eu estou acabando é com a hipótese de ser apenas "o viado que sai com você". Eu posso ser mais que isso pra outro alguém.

Inércia!
Inércia!
Inércia!
Inércia!
Inércia!
Inércia!
Inércia!

Eu não sei onde encontrei forças para dizer tudo aquilo para o Hiago, mas o fato é que eu disse. Saí daquele shopping sem enxergar nada nem ninguém. O que eu mais temia tinha acontecido: perdi a amizade do Hiago. Foi aí que eu me lembrei do Evaldo. Ele estava errado. Eu tinha, sim, uma coisa a perder: **A AMIZADE DO HIAGO**. E, naquele momento, eu tive a nítida certeza da perda.

Dias depois, falando com todos os meus amigos sobre essa conversa, ouvi muitos conselhos, muitas teorias, muitas filosofias. E ouvi, então, aquilo que todos os que sofrem por amor detestam escutar: **VAI PASSAR**! Sim, mas quando? Era isso que eu queria saber. Quando eu iria rir daquilo tudo? Quando as noites voltariam ao seu tamanho normal?

Quando???
Quando???
Quando???
Quando???
Quando???
Quando???

Nunca tive as respostas para as minhas indagações. Daquele dia em diante, eu nunca mais o encontrei pessoalmente. Algumas pessoas que o viam pelo shopping, pelas ruas da cidade, me falavam sobre ele, me atualizavam.

"Vi o Hiago. Ele perguntou por você!"

"Ah, Neto. Hoje eu vi o Hiago. Ele ganhou um computador novo. Ah! Ele perguntou como você estava!"

"Encontrei o Hiago no shopping. Ele estava sozinho. Conversamos horas e horas. Engraçado, ele só fala de você!"

"Menino, você não sabe quem eu encontrei! O Hiago. Ele passou no vestibular. Disse que sente muitas saudades de você!"

Isso ia me acalmando. Ia me dando forças para fazer as minhas coisas, as coisas que eu verdadeiramente gostava de fazer. Tinha dias que eu lembrava mais, tinha dias que eu lembrava menos... Assim, os dias iam passando, os meses iam passando, e os anos foram passando também. E nisso o Hiago ia desaparecendo. Ele ia deixando de existir verdadeiramente para assumir o papel de protagonista apenas das minhas lembranças.

Nem que seja no Orkut

Com toda a tristeza instalada nas entrelinhas, a vida seguiu. Fui desenhando minha estrada a cada passo que dava.

Entrei num grupo de teatro profissional.

Aprendi a tocar violão em rodinhas de amigos.

Na capoeira, passei pelas cordas crua, crua e amarela, amarela, amarela e laranja, laranja e azul.

Conquistei medalhas nadando.

Passei no vestibular. Cursei universidade. Formei-me.

Num belo dia, acesso meu Orkut e vejo uma solicitação de amizade...

Quando o amor é assim, e não assado

OLÁ! AINDA LEMBRA DESTE VELHO "AMIGO"?
ME ADD.
ABÇÃO. AH! SDD.

MUITAS SDDS!

Quinze anos não me fizeram esquecer nenhum detalhe, por nenhum momento. Cliquei e fui ver as fotos. Era a foto de uma família. Uma bonita família em que o Hiago era o pai de uma menina linda. Era o "retrato" da família feliz. Naquele instante, eu me senti um ovo: chocado! Fiquei impressionado com essa situação durante dias. E, só então, depois de tudo isso, eu esqueci. Eu finalmente havia conseguido esquecer. Esqueci completamente. Aliás, dizer que esqueci é muito forte. É melhor dizer que a dor passou. Passou por completo. Foi como ser anestesiado! Só ficou a bonita lembrança do primeiro amor. Claro, grandes paixonites vieram.

Sem medo.
Sem pudor.
Sem receio.
Sem culpa.
Sem conceitos.
Sem vergonha.
Sem-vergonha.

Chorei por outros, briguei por outros, sorri com outros e, principalmente, ME APAIXONEI POR OUTRO.

Ainda sonho em ser um grande artista (risos!). Meu grupo de teatro foi selecionado num desses editais de incentivo cultural. Vai sair em turnê por todo o Nordeste brasileiro encenando a peça *Meu último amor acabou antes de ontem*.

Nela, quatro universitários contam, de forma bem-humorada, suas experiências amorosas e o fracasso em seus relacionamentos. Acabam se encontrando em um bar, "o point universitário", para descobrir o motivo de tais frustrações.

O bar então vai se tornando palco das experiências para lá de inspiradas de Celma, Sônia, Fabrício e Lune, personagens da história, tendo como principal espectador o garçom do bar.

E é assim, em meio a bebidas, músicas, diversão e mensagens de autoestima, que eles descobrem o inevitável: que não existe amor mais puro do que a amizade entre eles. A peça prova, com irreverência, que turma não é coisa de adolescente.

E assim vou vivendo um dia de cada vez. Aprendi a arte da paciência nas aulas de violão. A esperteza na natação. A agilidade na capoeira. E, com o teatro, aprendi a lidar com minhas dores.

Descobri que na vida nada se define. Uma vez vi num filme: "Vida é falta de definição, é transitória mesmo!". Agora eu aprendi! E o amor? Este, como dizia o poeta, a gente inventa e se distrai. Porque o mais importante nesta vida é fazer história, e ter como amigos aqueles que amamos.

Nem que seja no Orkut.

Sobre o autor

Júnior Marks é natural de Fortaleza (CE). Ator, diretor teatral e professor de Língua Portuguesa, iniciou seus trabalhos artísticos em 1997. É diretor do grupo de teatro Humanitas, foi diretor do Departamento da Divisão de Artes da Fundação Municipal de Cultura de Timon (MA) e é membro fundador da Truá Companhia de Espetáculos. Foi delegado do SATED-MA, em Timon. Em 2015, recebeu do poder público municipal dessa cidade o troféu "Orgulho da gente". Atualmente, é pós-graduando em Artes Cênicas, coordenador de Artes do SENAC-PI, membro da Academia de Letras de Teresina (PI) e diretor do complexo cultural Maria do Socorro de Macêdo Claudino, de Timon.

Sobre o ilustrador

 Rico Guimarães nasceu em Carangola, no interior de Minas Gerais. Trabalha como *designer* gráfico há mais de 10 anos e, em 2020, começou a se dedicar também à ilustração. Em 2021, debutou profissionalmente como ilustrador com o livro "Mitologia poética", escrito por Diva Lopes para a Saíra Editorial. Em "Quando o amor é assim, e não assado", buscou representar nostálgicos objetos da década de 1990 junto ao clima dos colégios brasileiros da época, com o intuito de que os leitores se deliciem com uma viagem a um passado não tão distante.

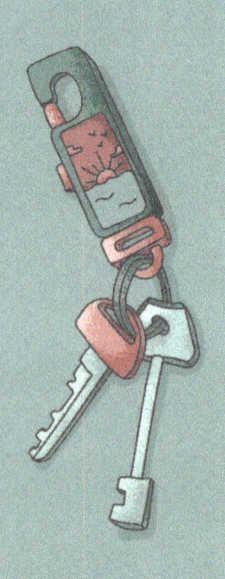

Esta obra foi composta em Cormorant Garamond
e impressa em offset sobre papel offset 150 g/m²
para a Saíra Editorial em 2023.